AF487353

PRESENCIA DE AMOR, FE Y ESPERANZA

PRESENCIA DE AMOR, FE Y ESPERANZA

María Gloria Barreto

Editorial Voces de Hoy

Presencia de amor, fe y esperanza
Primera edición, 2020

Edición, diseño y composición: *Josefina Ezpeleta*
Diseño de cubierta: *Juan José Catalán*

© María Gloria Barreto, 2018
© Sobre la presente edición, Editorial Voces de Hoy, 2020

ISBN: 979-8613278640

Editorial Voces de Hoy
Miami, Florida, EE.UU.
www.vocesdehoy.net

Gracias al Señor

Gracias al Señor por darme sabiduría, fe, amor y energía para poder llevar a cabo los propósitos que a lo largo de mi vida tenga por Él designados, los cuales cumplo con agrado, valentía y amor para servirle. Él me da la voluntad, la decisión para cumplir mi misión que es un don sagrado y con ello experimento paz y satisfacción por brindar ayuda a mis hermanos. Siento mi alma libre, en calma, en perfecta armonía. Todos debemos darnos las manos y llevar con amor los preceptos del Señor, ya que sentiremos en nuestro corazón que haciendo lo correcto estamos honrando, glorificando a nuestro Señor, Rey y Salvador.

Esperando su llegada

Dios querido y eterno, yo voy contigo, tú delante y yo detrás siguiendo tus piadosas huellas para llegar al cielo y a las estrellas.

Esa estrella que en cielo brilla más que ninguna, con tanto fulgor, es la Virgen María, que nos bendice con su inmenso corazón lleno de amor, misericordia. Ella es el triunfo que Dios nos regaló al escogerla como la Madre de nuestro Rey y Salvador. Jesús hizo muchos milagros y continúa haciéndolos con su infinito amor para toda la humanidad, con su dolorosa pasión nos ha dado la Salvación; Él fue a la cruz por amor al Padre y a nosotros.

Se cumplió lo que Dios nos prometió: Jesús venció la muerte y se cumplirán todos sus designios que serán el triunfo, la gloría, nuestra gran victoria, esperando su venida... ese día, que solo Dios sabe, con el corazón lleno de amor, misericordia y perdón rogaremos con fervor ser elegidos para vivir eternamente en el Reino de amor y perdón de nuestro Rey y Salvador.

El corazón, cofre de nuestro cuerpo

Llevo la palabra amor conmigo porque Dios es amor y yo,
lo llevo en mi corazón.

El corazón es el cofre de nuestro cuerpo donde guardamos todo tipo de sentimientos y emociones: amor, fe, misericordia, paz, bondad, pero también odio, maldad, tristeza, desamor, etc. Roguemos al Señor que no deje entrar a nuestro corazón nada que nos pueda dañar, que sigamos la enseñanza de nuestro Señor, que es ejemplo de amor y perdón. Solo Dios sabe lo que guardamos en el corazón y se sentirá alegre al ver en nuestro corazón lo divino de su enseñanza.

Recordemos que los ojos son el espejo del alma, en ellos reflejamos las emociones y sentimientos que nuestro corazón abriga. Debemos llevar una vida plena de amor y perdón, sentiremos regocijo; los problemas del alma, los malos pensamientos, resentimientos, son más dolorosos que los físicos. Todo nuestro ser pertenece al Señor, Él nos creó para amarnos, perdonarnos, ser positivos, saber lidiar con los problemas y situaciones en buenos y malos momentos. A través de la Sagrada Escritura supimos que Jesús sufrió todo tipo de humillaciones, persecución y llegó a la cruz por amor al Padre y a nosotros. Ayudémosle con buenas acciones, no arruinemos nuestra vida que es un hermoso regalo de Dios, alabémoslo que es el Rey de la Salvación.

Mi paz les dejo

Que mi alma se llene de paz y consuelo con la misericordia del Señor,
ruego noche y día, y tener su amorosa compañía.

Llevo mi vida en paz, invocando al Señor, que nos ha dejado esa paz, dejando ir todo resentimiento, ansiedad, todo lo que pueda dañar mi existencia. Así logro estar en el control de mi naturaleza, con el pensamiento en la luz divina de Dios.

Todo se puede lograr cuando oramos, imploramos, es cuando a nuestro corazón llega el amor, la compresión y los pensamientos positivos, recordando lo que Jesús nos dejó como enseñanza en su paso por la Tierra y a través de los profetas y apóstoles. En la escuela de la vida adquirimos experiencias para lidiar con todo tipo de situaciones con la interna sabiduría que Dios nos ha otorgado.

Dios nos creó para ser libres de pensamiento, de acción, de expresión, etc. Cuando la paz me llega, descansa mi mente, siento que nada me robará la calma, es como hallar un oasis en el desierto y a mi pensamiento llega la frase del Señor, que debe ser primordial en nuestra vida: «La paz os dejo, mi paz os doy».[1] Entonces, me entrego a mi espíritu crístico y una sublime sensación de paz, amor y perdón invade mi ser y expreso con fervor: «¡Gracias Señor!».

---

[1] Juan 14:27, *Santa Biblia*, versión Reina-Valera 1960. *(N. del E.)*

Vínculo con Dios

Hoy he escogido algo sublime, lo mejor, meditar sobre tu vida, tu pasión.
Señor, rogaré con fervor, limpiaré mi corazón
para llevar una vida plena de amor y perdón.

En la vida tenemos grandes sorpresas, debemos tener la capacidad de acatar lo que en ella tengamos que afrontar. Dios, nos dio la libertad de acción, expresión y pensamiento; analicemos esos poderes y podremos resolver todo tipo de problema u obstáculo que se presente en el transcurso de nuestra vida.

La vida es una cadena, cada día es un eslabón y solo Dios sabe cómo será ese eslabón. Él nos ha dado la capacidad, la sabiduría y su enseñanza para discernir cualquier tipo de situación por adversa que se presente. Lo conocemos con su ejemplo y el de su Hijo.

Orando con fervor el Señor nos dará la fuerza, el valor para seguir adelante, tu mente se expande cuando estás en vínculo con Dios, eres su creación y a tu corazón llegará la grandeza de su inigualable corazón, su amor y tendrás la convicción de que saldrás triunfante cuando lleves a Dios por delante aunque tengas reveses en la vida.

Relato o recuerdo

Yo escribo lo que mi corazón siente, y sobre diferentes sentimientos que pueden existir en otros pensamientos.

Deseo que esto que expreso, pienso y escribo quede como relato, recuerdo de todo lo que he vivido, que ha sido hermoso, a la vez doloroso, pero he tenido a Dios conmigo. Él ha sido y es mi Padre, mi amigo, en todo momento, desde el principio. Ahora y siempre ha permanecido a mi lado, eternamente será mi amado, y gracias infinitas le doy por todo lo que a lo largo de la vida he obtenido.

Cuando al Cielo sea por Él llamada, será para toda mi eternidad su amor, su bondad, mi glorioso y ansiado premio de paz, perdón, misericordia y bendiciones.

El dulce nombre de María

*Dios todopoderoso, te ruego que cuando me llames al cielo,
me reciba tu Madre querida, a tu presencia me lleve,
ver tu mirada de amor y ser por ti perdonada.*

Siento orgullo, satisfacción y gracias doy por llevar el dulce nombre de María, la madre de Dios, que con fe, amor y valentía llevó en su vientre a nuestro Rey y Salvador. Él, con obediencia, fe, amor y pasión nos ha dado nuestra salvación, su enseñanza de amor y perdón que debemos llevar en el corazón manteniéndolo puro para seguir su ejemplo, su doctrina y rogarle nos conceda su perdón, que será el premio para alcanzar la gloria. Que su Madre querida nos lleve a su presencia será nuestra gran amorosa y ansiada victoria para eternamente vivir en la gloria.

Caídas

Aunque me quieran cortar las alas, para que alto no vuele, yo seguiré adelante porque no temo a la vida; voy con Dios por delante y sé que saldré triunfante.

Cuando caigas y no sientas el valor de levantarte y seguir hacia adelante, no te importe el qué dirán, es de valiente seguir adelante. ¿Quién no ha caído no una, sino muchas veces?

Levántate y piensa que es una prueba y la tienes que afrontar. Los que triunfan son aquellos que llegan a la meta con heridas, con entereza, con ganas de luchar. No te importen las críticas o risas, lleva la frente en alto y no mires hacia atrás.

Si llegas a la cima, sabes que fue por tu entereza y valor, por mirar hacia adelante, por saber que las caídas son pruebas del Señor y como las superaste, Él te dará la alegría de ser un triunfador.

¿Dónde se encuentra la paz?

La paz que nuestro corazón está llamando a gritos no nos puede escuchar, porque ha marchado al infinito.

Yo no sé qué está pasando, que no encontramos la paz. Y mira que hay personas tratando de saber dónde se está ocultando... parecería que se ha exiliado porque no la dejan vivir haciéndole honor a su nombre con tantos ruidos y guerras, y todo por culpa del hombre.

Yo casi les aseguro que sé dónde se esconde. Ella se ha ido a un lugar lejano donde es libre y ese es el infinito. Allí no habrá quien la maltrate, será tratada con benevolencia, no podrán quitarle su paciencia, no tendrá problemas con la tecnología y la ciencia. Aquí en la Tierra no van a encontrar la paz que están buscando porque al Cielo se ha marchado, allí no hay quien la perturbe y por nosotros está esperando.

El mar

La vida nos da y nos quita. A veces nos sentimos frustrados por ello, pero debemos seguir adelante con lo que nos dé o nos quite.

Observando los pelícanos y gaviotas que se lanzan en picada sobre las olas para alcanzar su sustento y su vida continuar, cómo me recuerda a nuestros hermanos que sin pensar en la travesía se lanzan al mar plenos de ansias de libertad para lograr un mejor porvenir.

Cuánto dolor y tristeza siento en mi corazón por tantos que no han llegado y quedaron en su fondo.

Mirando hacia el horizonte, una plegaria imploro para los que yacen en su fondo. Le ruego a la Virgen, patrona del mar, que ayude a los que llegaron y a los que faltan por llegar.

Ermitaños

Sabemos que en la vida hay caminos de flores y de espinas. Los de flores los pasamos sin problemas, con una sonrisa; los de espinas, debemos pasarlos con cuidado, sin perder de los labios la sonrisa... El Señor nos ayudará a pasarlos con prisa.

Pobres los ermitaños que sumidos en tristeza y soledad están, sin mirar hacia afuera, donde siempre hay por quién vivir y luchar. Si sabes de algunos, trátalos de ayudar, sentirás satisfacción y un repique de campanas en tu corazón.

Saquémoslo del lugar sombrío donde se halla y hagámosle saber que hay un mundo de luz que debemos valorar, que aunque las noches sean oscuras tienen luna y estrellas, y el día, un sol radiante, bello, que debemos contemplar.

Espacio interno

*Dile adiós al mal pasado y perdona al que te haya maltratado,
olvida a las malas personas y vive feliz el presente.*

Siento que el espacio interno de mi alma y corazón está lleno de amor, que voy caminando por senderos de paz, de flores que perfuman el ambiente y me transporta a Dios nuestro Señor. Es por ello que siento calma en mi espíritu, en mi alma, y ruego Dios me provea de claridad y amor para poder llevar la verdad a otras personas, que oremos con fervor, amor y ternura, que es la enseñanza que nos dejó Jesús, los apóstoles y profetas a través de las Sagradas Escrituras.

Deja ir todo tipo de resentimiento, tristeza y amargura. Verás cómo tu alma y pensamientos quedan liberados en paz, poniendo nuestros corazones en manos del Señor, rogando por un mundo pacífico donde reine fe, amor, compasión, perdón. Lo podremos lograr y llevar una vida mejor.

Fortaleza espiritual

*El que lleve a Dios, Jesús por delante,
siempre saldrá triunfante.*

La fortaleza espiritual es más fuerte que la física, aunque ambas son otorgadas por nuestro Señor. La espiritual es la que nos da el poder para decidir lo correcto o incorrecto de nuestra vida. Debemos llevar nuestra fortaleza espiritual con fe, amor y perdón para mantener purificado el cuerpo, donde habita nuestro Señor.

Cuando imploremos por algo que nos sintamos deprimidos, abatidos, recordemos que con nuestra fortaleza espiritual que Dios nos ha otorgado, nada debemos temer, sino seguir adelante con valentía, firmeza, fe en nuestro Señor, que con su inmenso poder divino saldremos triunfantes aunque tengamos reveses en nuestros caminos.

Fragancia

Amo a Dios, a Jesucristo, a la Virgen,
a todo el Reino del cielo,
por ellos somos bendecidos,
si llevamos su doctrina,
podremos alcanzar el cielo.

Escudriñando entre las nubes que caprichosas
figuras forman, el rostro de la Virgen percibí
con una hermosa sonrisa,
fragancias de flores sentí,
algo divino dentro de mí.

Es que Dios es amor, misericordia, perdón
y a su Madre nos envía para que el amor
y la fe existan; si en ellos confiamos
y seguimos su doctrina, el cielo alcanzaremos
y en su Reino viviremos.

Frío y calor

Quien por la vida vaya haciendo favores
sin importarle a quién ni que se los paguen,
del Cielo recibirá bendiciones
y sus caminos serán de flores.

Estos párrafos dedico con todo amor a esos trabajadores, que con frío o calor hacen los trabajos más fuertes.

Ellos ponen nuestros techos, cortan el césped, cuidan los jardines, cultivan los frutos y vegetales, hacen todas las faenas del campo. También están los pescadores, que contra viento y marea exponen sus vidas para obtener nuestros alimentos y extraer de sus fondos las riquezas.

Muchos hubieran querido ser doctores, electricistas o intelectuales, pero por muchos factores no lo pudieron logar. Son dignos de admiración y respeto; por Dios serán bendecidos y tendrán su recompensa.

Yo les deseo un hermoso lugar en el cielo.

Igualdad

Lo más valioso que debemos tener en la vida
es ser libres de pensamiento, expresión y acción.

Hace muchos años se creía que la mujer solo para ama de casa servía, se le dio el derecho al voto, quedó más que demostrado que la mujer puede lograr todo lo que se proponga.

Dios nos dio la soberanía, resistencia, valor, jerarquía, lo mismo al hombre que la mujer, para Él somos iguales, no importa la raza, tamaño, género ni acento.

Hemos visto que la mujer ha sido secretaria, anestesista, electricista, ha obtenido todo tipo de doctorados, ha bajado al fondo del mar, ha viajado al cosmos y ha llegado a presidenta.

Ellas, al igual que el hombre, soportan grandes dolores. Y mire usted si es verdad, que Dios hizo a la mujer parir, y no es por menospreciar al hombre, que también resiste grandes dolores.

Dios, que no se equivoca, unió al hombre y a la mujer y la creación nos dio que es una gran bendición. Ya hemos demostrado que si hay honestidad, valentía, jerarquía y amor, nuestros pueblos no sufrirán, nuestras banderas podrán ondear soberanas en un alto pedestal y unidos poder gritar que todos somos iguales y ¡viva la libertad!

Jamás estarás sola

*Qué bien me siento, Señor, cuando en tu casa
estoy orándote, cantándote, alabándote.
Siento en mi alma reposo
y mi corazón se llena de gozo.*

El alma no debe estar sola
porque muy triste te sentirás,
observa a tu alrededor
que hay muchos a quien amar.

Mira hacia el firmamento
y la verdad encontrarás.
Sabrás que no has estado sola
y jamás lo estarás.

Dios, la Virgen, tu ángel,
a tu lado siempre están.
Que nadie diga que está sola
porque Dios, la Virgen y tu ángel
muy triste se sentirán.

La verdad

Aquel que no sepa perdonar, no merece ser amado.
Tenemos el ejemplo en Jesús, que fue perseguido,
humillado, crucificado, y es el que más ha perdonado,
y del mundo, el más amado.

La verdad, la fe, la misericordia, el amor, el perdón y el consuelo son vínculos del cielo y la tierra que surgieron a través de Dios y su Hijo nuestro Salvador; por ellos hemos conocido sus logros, milagros y maravillas.

Dios nos otorgó su mejor y más preciado regalo: su Hijo, que fue engendrado por obra y gracia del Espíritu Santo en María, vivió como hombre aquí en la Tierra, nos dio su enseñanza, amor, fe y sabiduría. Por sus apóstoles, profetas, en las Sagradas Escrituras hemos aprendido la verdad y valorado su fe, amor, y sacrificio. Su vida dio por nosotros, fue perseguido, humillado y crucificado para darnos el perdón de los pecados y la eterna vida.

Obedeció todos los mandatos de su Padre, debemos seguir su ejemplo, llevar una vida con amor, fe, misericordia, respeto y perdón.

Dejemos ir el enojo, la ira, la maldad, tratarnos como hermanos, tener libre el corazón para elegir y cumplir sus mandatos, nos sentirémos dichosos rogando por un mundo mejor, mirando al cielo donde está lo verdadero y ofrecerle a nuestro Padre y Salvador todo el amor que habita en nuestro corazón, cuerpo que es templo, de nuestro Rey y Salvador.

La vida y la muerte

*No le quites años a tu vida, que cada día
es un regalo de Dios para que tengas
experiencias, para afrontar los reveses
Que en la vida puedas tener.*

Esta vida que pasa no es toda la vida.
Después de la muerte existe la verdadera vida;
esta que estamos viviendo es una cadena
en la que cada día es un eslabón de penas, alegrías,
llanto, paz, armonía, sangre, y dolor.
Son caminos de rosas y senderos de espinas
que debemos afrontar con entereza y amor
hasta la llamada del Señor.
Allá, en la otra vida en el reino de Dios,
allí no existe odio, llanto ni dolor,
es el más hermoso regalo de nuestro Salvador.
Entonces, no temamos a la vida,
que es también un hermoso regalo de Dios
y menos a la muerte, porque con ella
vamos a la vida eterna.

Libertad

Gracias, Señor, por darme libertad y sabiduría
para expresar, escribir, lo que tengo en mi corazón.
Siento que me lo envían desde el Cielo
con amor, firmeza, como son, Señor, tus promesas.

Libertad, palabra muy bonita y tan difícil de lograr
porque todos los que arriba están
no cumplen lo que prometen, no miran a los de abajo,
que para su sustento no tienen y han perdido sus trabajos.
Su tristeza es infinita, están decepcionados.
Se han incrementado los robos, la droga, el alcohol.
Siento un gran temor y tengo oprimido el corazón.

Así no podemos seguir,
yo no sé lo que vendrá,
poca cortesía existe
y el lenguaje es tan vulgar.
Debemos hacer algo al respecto,
creo que no habrá quien pueda
con este mundo de corrupción.
Para vivir en paz, sin guerras ni maldad,
solo Dios al mundo podrá salvar.

Eterno amor en el cielo

Tú eres, Señor, mi Pastor y yo, una de tus ovejas.
Seguiré tu voz y tus huellas para llegar
al Cielo y ser una de tus estrellas.

A veces me siento caer, pero el Señor me levanta,
me ayuda, siento en mi alma fluir su fe, su bondad
para seguir adelante.

Él es mi guía, con su amor nos demuestra
lo inmenso de su corazón
desde el principio, ahora y siempre.
Él ha sido nuestro sustento con fe, amor y ternura
que nos acompaña en nuestros caminos.
No nos desviemos de esos senderos,
sigamos su luz divina y su fascinante doctrina.
Con su alma limpia y pura
nos ayuda a quitar las amarguras y tristezas
que podamos tener,
nos otorga valor,
fortaleza para
vencer las flaquezas.

El Señor nos da la libertad de pensamiento,
expresión y acción
que debemos llevar con fe, amor y cordura,
y así alcanzar la riqueza de nuestra naturaleza,
asirnos a nuestro espíritu crístico
con la certeza que alcanzaremos
paz en la tierra y eterno amor en el cielo.

Lluvia

Juventud, divino tesoro que muchos no saben valorar
y la echan a perder con la droga y el alcohol.

La lluvia cayendo está
y en el rostro me golpea;
el que me ve pasar
no percibe las lágrimas
que por mis mejillas ruedan.

Yo les diría, lloro
por ver como está el mundo
     guerras   llanto,
     hambre   dolor.
No lo siento por mí, en el ocaso estoy,
es por la juventud y los niños.
Algo debemos hacer,
creo que nada podremos lograr
mientras no exista comunicación
entre padres, hijos y hermanos.
Hay que decir «NO» a las drogas,
al alcohol y acercarnos al Señor.

Misericordia

La misericordia es un sentimiento sublime, abnegado, es un vínculo de fe, amor, compasión, perdón que el Señor nos ha enseñado. Aquel que la practique será bendecido y el Señor se sentirá glorificado.

Al cumplir los preceptos de Dios y nuestro Salvador alcanzaremos paz, algo tan necesario en esta vida para obtener seguridad, valor para seguir adelante, con la certeza del poder que nos da llevar una vida de misericordia, fe, amor, perdón y fortaleza.

Recordemos a los apóstoles y profetas que siguieron los mandatos del Señor con fe, amor y valentía los cuales hemos conocido a través de las Sagradas Escrituras y analicemos profundamente la fe, amor y abnegación de la madre de Dios, la valerosa Virgen María, que junto a su castísimo esposo José supo vencer las persecuciones y vicisitudes para cum-plir con el pedido de Dios y que naciera nuestro Rey y Salvador.

Vivamos con la certeza de que el Señor nos premiará alejándonos de malos destinos y que alcanzaremos la gloria de vivir en su Reino de amor, que será nuestra victoria.

No olvidemos que somos creados a imagen y semejanza de Dios, que Él nos ha otorgado libertad de acción, decisión y pensamiento, que debemos ir por senderos rectos, positivos, ser un buen ejemplo para nuestros hijos y semejantes. Así, sentiremos regocijo por llevar una vida de misericordia con Dios y Jesucristo en nuestro corazón.

La Guadalupana

Virgen morena y bella que con inmenso amor
se le apareció al humilde indito Juan Diego,
para llenar de alegría y devoción a México.

Todos alabamos tu corazón lleno de paz,
amor y consuelo al no olvidar a tus hijos,
cumplir con el Señor
con inmensa sabiduría desde el principio,
y así será hasta el final de nuestros días.

En el cielo te veremos cuando a la presencia de Dios
y Jesucristo nos lleves; ese será un grandioso día
al alcanzar la victoria de permanecer con Dios,
Jesucristo y la valerosa Virgen Morena.

Los niños

El Señor nos ha premiado con cinco tesoros que son:
nuestros hijos y nietos. De ellos llevamos guardados
bellos momentos en nuestro corazón.
Ruego a Dios los proteja y bendiga.

En el cielo están los angelitos,
yo sé que es realidad.
En la tierra hay muchos,
      los niños,
ellos son inocencia, bondad,
los que dicen lo que sienten
con gran espontaneidad.

Debemos cuidar de ellos
para que no pierdan ese don
      inocencia, bondad,
      amor, un dulce corazón,
libre de maldad y perversión.

Ellos serán el futuro
quienes nos lleven a un mundo mejor
donde no habrá que temer.
Viviremos con paz, amor, honestidad
y libres podremos ser.

Resoluciones

Cada año nos proponemos resoluciones para alegrar los corazones y cumplir nuestras misiones.

Lo primero que debemos hacer es pensar en lo hermoso, lo positivo que hemos vivido y poner lo doloroso y negativo en la nave del olvido.

Que la luz de cada día nos colme de energía; que las noches sean de paz; que reine el amor, la bondad; que no olvidemos las bendiciones que en la vida hemos obtenido gracias al Señor, lo divino de la familia; que dejemos ir los resentimientos; que solo tengamos cabida en nuestro ser para lo correcto, lo humano. Que nos demos las manos, nos tratemos como hermanos.

Cuando tengamos obstáculos, problemas, dolores, platiquemos con el Señor, oremos, Él nos dará fuerza, bondad, perdón, valentía para seguir adelante y les aseguro que saldremos triunfantes.

Sigamos su ejemplo, su enseñanza, no tengamos desesperanzas, vivamos con la convicción de que llevando su doctrina alcanzaremos la victoria y, en el cielo, compartiremos su eterna gloria.

Mi alma

Gracias le doy a ese Ser Divino
que me ha permitido yo pueda sentir,
expresar y escribir
lo que llevo en mi corazón y mi mente.

Siento en lo profundo de mi corazón
que todo mi amor, fe y pasión aflora.
En mis sienes, una bella y brillante corona.
Voy a elegir, actuar y vivir libremente
con mis pensamientos, emociones y acciones.

No los sentiré oprimidos, vencidos,
en calma tendré mi espíritu, corazón, pensamiento y alma
para elegir acciones, opiniones y decisiones correctas,
y con mi experiencia expresar
lo que tengo oprimido y encerrado en mi alma.

Exploraré profunda y serenamente
todo lo que deseo comunicar con gran certeza
porque soy auténtica, libre y valiente
y ansío expresarme con independencia, correctamente,
para con todos mis semejantes.

Abro mi alma, corazón, mente y conocimiento,
siento que reclamo la verdad, lo que nos pertenece,
lo más divino de uno, es por lo que pongo
atención, amor, fe, respeto y sosiego
en mis decisiones, pensamientos y acciones.

Sé que vamos caminando por abruptos senderos
donde existen espinas, piedras, flores, amores,
penas, alegrías, diferentes emociones, diversas opiniones.
Pero al llevar una vida honesta con fe, amor, sin temores
con Dios, la podríamos llevar de flores.

Mi compañero

Para mantener brillante
todo lo que tu corazón anhela
tienes que pasar una escuela,
es como aprender a caminar
y no olvidar que antes
tienes que gatear, ser perseverante,
si quieres salir triunfante.

Caminar evitando los tropiezos,
haber pasado bien la escuela
sin temor a las secuelas
que te puede haber dejado la vida
y llevar siempre presente que Dios es lo primero
y yo, lo llevo como mi compañero.

Nublado

Es bueno tener un buen futuro.
Lucha en el presente para abrir los caminos
que te llevarán a buen destino.

Al ver el cielo nublado
y escuchar el sonido de los truenos,
a mi memoria viene la historia de los indios
que tocaban sus tambores para pedirle
a los dioses la lluvia para sus sembrados y flores.

Vivían con sencillez y nobleza
hasta que llegaron los españoles
con su famosa conquista;
les quitaron sus riquezas,
malos tratos recibieron.
Así es como continuamos
sin justicia, con maldad,
mientras existan tiranos
y esos que les dan las manos.

Ya llegará el día que cambien nuestros destinos,
que se abran los caminos,
que no existan tiranos,
que nuestra vida sea de amor,
de flores y hasta el fin de nuestros días
vivir en paz y armonía
rodeada de nuestros amores.

Su mejor regalo

Mi madre fue aquí, en la Tierra, como agua mansa de un arroyuelo.
Le dio de beber Dios, le dio el don de dar consuelo.
Yo sé que tiene un hermoso lugar en el Cielo.

Dios está conmigo desde antes de nacer, en el vientre de mi madre, en el aire que respiro, en cada latido de mi corazón, en el amor de mi familia, en cada objeto que observo, en la flora, en la fauna, mares, ríos, cascadas, arroyos, en lo más hermoso; en el cielo con su espléndida luna y brillantes estrellas que será nuestra última morada, donde viviremos sin dolores, penas, solo paz, amor, misericordia y perdón, es por lo que con profundo amor le profeso amor, fe y devoción.

Lo llevo en mi corazón como una flor que no marchita y no pierde su aroma y su fulgor. Él es mi eterna luz divina, su Hijo nos otorgó, y este sus mandatos obedeció y su enseñanza nos dejó. Fue perseguido, humillado y crucificado para darnos el perdón de los pecados y la eterna vida, es por lo que debemos amarlo como Él nos ama y seguir su doctrina para alcanzar su Reino de amor.

Observando

Por todos mis amores la vida doy,
los llevo en el corazón —la música, la poesía,
Los libros, el mar, el cielo, las flores—,
Pero Dios es el primero de mis amores.

Observando el cielo, las estrellas, la luna, el mar,
las cascadas, la flora, la fauna, y tantas cosas más,
es como sabemos que la mano del hombre no lo pudo lograr.
Solo un ser supremo, su Hijo, que multiplicó el pan y los peces,
el agua convirtió en vino y le dio al hombre la sabiduría
de la ciencia y la tecnología, que es a veces utilizada para el bien,
otras para el mal.
Son tantos sus milagros que debemos venerarlo, darle gracias,
rogar por el perdón de nuestros pecados y a veces por nuestro olvido;
rogarle ser bendecidos
hasta ser llamados a su Reino Divino.

Olvido

Yo ruego a Dios todos los días,
le digo que lo llevo en el corazón, que lo amo,
que perdone mis pecados y dé salud a los que amo.

En la vida no todo es color de rosas,
hay buenos y malos momentos que
debemos afrontar con fe, amor, sin temor.
Pensemos en el Señor que la vida dio por nosotros.
Somos tantos los que olvidamos su pasión, misericordia,
amor, perdón, y Él no deja de darnos su bendición.
Yo les imploro que pongamos el corazón en sus manos,
le roguemos nos perdone nuestros pecados y nuestro desamor,
y oremos por aquellos que tengan a Dios y a Jesús
en el olvido.

Lo que nos prometió

Amo a Dios, su Reino, mi familia, la música, la poesía, el mar, los ríos, las montañas, las praderas, mi bandera…, gracias le doy al Señor, que me ha permitido apreciar todos esos primores rodeada de mis amores.

En lo profundo de nuestra alma y corazón, a veces tenemos sentimientos de dolor, angustia, soledad... es cuando debemos reflexionar, orar porque debemos saber que nunca hemos estado solos. Desde el principio, ahora y siempre Dios, nuestro Señor, ha permanecido con nosotros en nuestras alegrías, penas, tribulaciones, bendiciones y desesperanzas.

Cuando perdamos a un ser querido, tengamos desilusiones, enfermedades, pongamos nuestro espíritu crístico en calma, con fe, amor; oremos con fervor para seguir adelante, con el ejemplo que nos dejó nuestro Salvador que será el triunfo para llevar una vida con fe, amor, respeto y perdón. Ir por senderos rectos siguiendo su fascinante doctrina, así podremos vencer todo obstáculo y revés en nuestra vida hasta ser llamados a su Reino Divino donde no hay dolores ni temores, donde tendremos paz, amor y lo que nos prometió por su gran amor y obediencia a su Padre y la humanidad.

Orando

Existe amor por los padres, hijos, plantas, flores vivimos rodeados de amores, pero donde más existe es en el cielo porque allí, el amor es puro y sincero.

Al orar nos trasformamos al acercarnos a Dios, todo nuestro ser se ilumina estando con contacto divino con Él; nos cambia la expresión dejando libre el corazón, el alma para discernir lo correcto, dejar ir todo tipo de resentimiento.

Que aflore la fe, el amor en abundancia, que sintamos la fragancia, la esencia de nuestro Salvador, que seamos como Él. Dios nos creó a su imagen y semejanza, no debemos perder su enseñanza, tener fe, amor y cordura, un alma limpia y pura para ser guiados por su luz radiante y divina.

Veremos como todo nos cambia aunque tengamos reveses, desesperanzas. Debemos asirnos a nuestro espíritu crístico para tener un corazón compasivo, justo. Seremos bendecidos, se nos abrirán los caminos y caminaremos con firmeza alejándonos de malos destinos.

La luz de Dios, nuestro Señor, nos confortará, orando con fervor por un mundo pacífico lleno de fe, amor, recordando su enseñanza, sus milagros y sacrificios para que alcancemos su Reino Divino.

Padres

Yo a mis padres añoro, porque no están presentes,
pero los llevo en mi corazón y en mi mente.

Padres, no son solo esos que te engendraron
y en su vientre te han llevado.
Padres, los que han velado tus sueños
y tus primeros pasos, y tus manos han sujetado.
Padres, los que sus ojos de lágrimas se han
llenado al escuchar que los llamas papá, mamá.
Padres, los que por caminos rectos te guían
para que tu vida sea de alegrías.
Padres, los que a tu lado están en tus triunfos,
te consuelan, te ayudan en las derrotas.
Padres, los que con orgullo pronuncian tu nombre
y gracias dan al Señor, por la gloria de ser Padres.

Para dar

Tú eres, Señor, mi escudo cuando me siento caer.
Eres digno de alabanzas, eres mi consuelo, mi esperanza,
y es por eso que a ti acudo.

Dios me ha dado mucho para dar
y sentada junto al mar,
mirando hacia el horizonte,
las gracias le quiero dar.

Que el murmullo de las olas
y el silbido del viento
lleven mi corazón y agradecimiento,
por todo lo que soy y siento.

Dios me ha dado la bendición
de tener misericordia, consuelo, perdón,
paz, fe, amor que tengo para Él
y mis semejantes en mi corazón.

Gloria del Señor

*No reniegues de tu vida, verás que eres una persona afortunada
e inmensamente favorecida; si eres agradecida de Dios,
serás bendecida y en su gloria vivirás.*

Tú, mi Dios, eres lo más divino en nuestra vida, lo más importante, nuestro baluarte con tu amor, con tu inmenso corazón. Todo lo has dado, desde lo más grandioso hasta lo más insignificante. Para Dios nada es imposible, está presente en todo momento, ay de aquel que no sepa amarte, valorarte, tendrá vacío el corazón, cofre de nuestro cuerpo dado por ti, Señor, donde debe existir amor, fe, misericordia y perdón.

Nuestra vida debe ser seguir el ejemplo de Jesús, María de los apóstoles y de toda persona que sea su ejemplo, es verdad que tenemos caminos de flores, también de espinas como fue la vida de Jesús, María y todos los que lo siguieron y así es nuestra vida. Pero somos inmensamente favorecidos con la pasión de Jesús que nos ha salvado, liberado. Expresemos con gran amor y devoción las gracias a Dios, a María, a Jesús, por su grandioso amor a la humanidad que ha sido y serán el triunfo que nos dará la Gloria del Señor.

Rey y Salvador

*No te importe la riqueza ni la escolaridad, lo que nos debe importar
es la nobleza, un corazón con bondad.*

Por tu obediencia a tu Padre y buen corazón
nos has salvado, Señor.
Por tu fe, nobleza, misericordia y amor fuiste a la cruz
con tu dolorosa pasión,
nos diste la redención para poder alcanzar
el perdón de los pecados
y la eterna vida.
Es por lo que con todo amor
debemos alabarte, glorificarte.
Eres nuestro amado baluarte, lo más divino,
nuestro Rey y Salvador.

Divino Señor

Al observar toda la belleza de nuestro suelo y cielo quedo impresionada y expreso «gracias, Señor».

Cada día despierto con gran alegría al ver la luz de un nuevo día, la belleza de las flores, las mariposas volar, oír el murmullo del río y del mar, sentir el calor del sol y sé que radiante será mi día.

Sentiré el cariño de mi familia, el beso de mis seres queridos y doy gracias a Dios por tantas maravillas y por todos los que han hecho mi vida de amor y consuelo; he tenido reveses, sufrimientos, pero el Señor me ha ayudado, he salido triunfante por llevarlo por delante.

Cuando llega la noche, miro al cielo con su radiante luna rodeada de estrellas y exclamo con fervor: ¡gracias mi Dios por todo lo que nos has dado! porque tú, Señor, supiste sembrar buenas semillas de amor, fe, misericordia y perdón, y con el sí de la valerosa María a nuestro amado Señor, por su amor nos ha regalado lo más valioso, adorado Jesús, y la divinidad de vivir eternamente en el Reino de los cielos.

Sincero amor

*Qué lindos son el mar, las montañas, las flores, todos llenos de primores,
pero más hermoso es el cielo; por eso Dios lo eligió para
nuestra última morada de amor, paz y bendiciones.*

El cielo siempre será hermoso
aunque esté gris,
es la morada del Señor,
allí está su paz, su amor, que desde el cielo nos envía,
junto a la fe, misericordia y perdón,
que son vínculos del cielo y la tierra.
Confiemos en Dios que desde el principio
Vio que todo lo que nos daba era bueno,
no alberguemos en el corazón
nada que nos pueda dañar,
solo lo positivo que agrade al Señor
y ayude a nuestro corazón a llevar
su amor, su doctrina, que es y será
la gloría para ganar el cielo.
Y de su mano lo lograremos,
y doblando las rodillas a Dios,
imploremos y todo será hermoso,
divino, verdadero como es su amor puro, sincero.

Honor a la Virgen María

Madre, en tus ojos la luna y las estrellas veo, en tu sonrisa el sol
y tu corazón lleno de inmenso amor.

Honremos a la santísima Virgen María,
la que con fe, amor y firmeza aceptó el pedido de Dios,
para en su vientre llevar a nuestro Rey y Salvador.
Ella, junto a su castísimo esposo José, supo
llevar con amor y valentía todas las persecuciones,
vicisitudes que tuvieron, pero el Señor los protegía,
los guiaba para que triunfaran
y poder obtener lo que Dios para nosotros deseaba.
En Belén, le llegó el día que naciera Jesús;
en su pesebre bendito, allí, el Señor lo bendijo y selló con amor,
misericordia y perdón el camino de nuestro Rey y Salvador,
que supo cumplir con su Padre, enseñándonos a amar, perdonar
y reflexionar con sus parábolas divinas.
Jesús llevó la cruz para darnos el perdón de los pecados
y la eterna vida, por eso debemos seguir su doctrina
de amor y perdón para poder alcanzar su morada de amor.
Por su amor, fe y valentía, el Señor la proclamó la valerosa
Virgen María Reina del mar, cielo y tierra.

Lo primero

Gracias le doy al Señor por darme el don
de poder expresar lo que siente mi corazón.

En la escuela de la vida, he aprendido que el amor es lo primero, a tener todo tipo de amores: el de niña, adolecente, adulta y que, llegando a la vejez, debemos amar al confiado, sabio, ignorante, atrevido, rico, pobre, al niño, al anciano, al ateo, como el Señor nos enseñó.

Él es mi amor primero y ese amor lo llevo desde antes de nacer, lo tengo impregnado en mi cuerpo, corazón y sentidos, y con Él he aprendido que lo material no vale nada, que la mayor riqueza es la que llevamos dentro cuando se tiene fe, amor, compasión y perdón, y llevamos a Dios en el corazón.

Aquel que cree que por el dinero o sabiduría es mejor, no sabe que el pobre de buenos sentimientos que lleva amor y a Dios en su corazón, amor para sus semejantes, es más valioso que el oro, y en el cielo alcanzará un tesoro.

Gracias le doy al Señor por darme la capacidad y sabiduría para poder apreciar y expresar con certeza lo que de Él he aprendido, y llevar su doctrina de amor, además de rogarle alcanzar su morada de eterna luz divina.

Fortaleza y firmeza

Al promover mi vida espiritual interna siento una gran armonía, porque tengo a Dios conmigo. Él es y será mi guía para seguir mis caminos con fe, amor, perdón y firmeza, que son las mejores armas para no tener tu alma vacía. Así, serás favorecido para obtener todo lo hermoso que el Señor ha puesto en tu camino, sentirás el gozo, el placer de tener su compañía para llevar a tus semejantes lo que con amor y ternura ha puesto en tu naturaleza.

Lo podrás hacer con la certeza de que no tendrás obstáculos en tus caminos, que llevarás las palabras precisas que brotarán del corazón con sublime nobleza, la que nos regala el Señor cuando seguimos su doctrina de amor, fe y perdón que nos ha legado para que tengamos las necesarias fortaleza y firmeza.

Su gran victoria

Al observar la naturaleza y ver tantas cosas bellas, miro al firmamento
y con gran devoción digo: «gracias Señor».

Siento gran compasión por los no videntes.
Sé que Dios no los abandona,
tendrán una hermosa y radiante corona.
Ellos soñarán con el mar, las flores,
apreciarán los matices y colores de la naturaleza,
su flamante belleza,
con sus primorosas mariposas
revoloteando dentro de las flores,
despertarán con su faz alegre
y un brillo inusual en sus ojos bellos.
Cuando el Señor los llame al cielo,
allí libres de todo mal
podrán las estrellas y la luna admirar,
deleitarse de todo lo bello
en la presencia del Señor y su Reino Divino,
contemplar todo lo que en la tierra
no vieron porque el espíritu no muere,
es libre y teniendo la eterna luz divina de Dios,
que será su gran victoria,
eternamente vivirán en la gloria

¿Quién crees que es Dios?

En la vida hay buenos y malos destinos, yo los malos no los he tenido porque llevo a Dios en mi camino.

Si me preguntan quién crees que es Dios, yo les respondo con cautela, analizando profundamente, y con convicción les digo: para mí, es lo más grandioso e inigualable que hemos conocido a través de las Sagradas Escrituras; Dios es lo máximo en poder y sabiduría.

¿Quién puede hacer el mundo en seis días? Observemos el esplendor de la naturaleza, la belleza del cielo con la hermosa luna, sus facetas, las estrellas, las nubes que nos deleitan con sus caprichosas figuras... Lo más fascinante: la creación a su imagen y semejanza, no referido a su cuerpo, sino a su espíritu, que es incomparable, lleno de fe, amor, misericordia, ternura, paz y perdón. Un amor incondicional que nos dio el regalo más valioso, su hijo, que fue engendrado por obra y gracia del Espíritu Santo en María virgen, la que con fe y valentía aceptó el pedido de Dios, por solicitud del ángel Gabriel.

Ella, junto a su castísimo esposo José, supieron vencer todas las vicisitudes para que naciera nuestro Rey y Salvador que tantos milagros hizo junto a los apóstoles y profetas, y continúa haciéndolos, Él no nos abandona.

Dios nos dio la libertad de pensamiento, de acción, y debemos llevarlos por senderos rectos, analizar profundamente el camino que debemos tomar, ser un buen ejemplo para nuestros hijos y semejantes, y así alabar a Dios, Jesucristo, honrar a su Madre María, a su Reino Divino.

Esa libertad que Dios nos ha dado es para que aprendamos a valorar y explorar su enseñanza, Él nos ha otorgado a cada uno dones que vemos en los científicos, los intelectuales, esas son obras del Señor y es por lo que debemos expresar con devoción: «Gracias, Señor».

Perseverancia

Dicen que los hombres no lloran, eso no es verdad,
llora todo aquel que tenga sentimiento y sensibilidad.

Es de gran alegría recibir a nuestros hermanos
que dejan su patria y familias en busca de nuevos destinos.
Todos quieren encontrar lo que su patria les niega
y se lanzan al mar a ciegas.

Por todos ellos yo ruego, para que puedan llegar
y alcanzar lo que su patria les niega.
Con fe y perseverancia todo se puede lograr.
Que el Señor los guíe para hallar lo que vienen
con tanta desesperación a buscar.

Paz, aquiétate

Paz, aquiétate, palabra de Jesús para calmar el viento y las olas que han servido para demostrar que la fe mueve montañas, que debemos tener calma, que con fe todo se puede lograr al rogar con fuerza y fervor. Que nos llegue al corazón la enseñanza de Jesús y todo brillará con su eterna luz divina que la hallamos siguiendo su fascinante doctrina.

No temamos a la vida aunque surjan conflictos, penas, dolores, que con paz podremos reflexionar para encontrar la solución y vencer los obstáculos con fuerza y valor.

Con fe, amor y paz, como nos enseñó Jesús, encontraremos la verdad para seguir adelante con seguridad, bendecidos por su radiante luz de paz y prosperidad.

Esa paz es necesaria en todo momento, más en estos tiempos en que la vida es complicada, tenemos que tener serenidad y decir como Jesús: ¡Paz, aquiétate!

Veremos que saldremos triunfantes por llevar paz y amor por delante y su amorosa doctrina.

Pobre

Hay quien piensa que el dinero es la felicidad.
Para mí la salud y la tranquilidad
son más valiosas que el dinero.

Pobre, muy pobre eres,
no porque te falte dinero
sino porque cuando no tienes compasión,
te falta corazón.
Aquel que dinero no tiene
pero le sobra bondad, amor
y tiene mucho corazón,
todo eso es de más valor que el dinero.
La vanidad, el orgullo
y el creerse superior por el valor del dinero
es de fracasados y debemos echarlos a un lado.
Aquel que su techo y pan comparte
y ayuda de corazón, el Señor lo sostiene
y tendrá para dar y alegrar su corazón.

Presencia

En su corazón y mente los poetas viven todo tipo de emociones,
es por lo que a ellos me uno, para expresar lo que mi corazón siente.

En las montañas no estoy
y me siento en las alturas,
en las praderas tampoco
y me llega el aroma
de las plantas y flores;
del mar, su olor a salitre,
y escucho el murmullo
de las olas,
es que la mente es poderosa.

Pero sí siento a mi lado,
y no es imaginación,
la presencia de Dios y la Virgen
que por montañas, valles
y caminos nos llevan,
dándonos fuerza y valor
para afrontar la vida,
hasta que seamos llamados
a la presencia de nuestro Salvador.

Privilegio

*Dos lindas rosas de mi jardín corté y a mis padres dediqué, como milagro
divino ellas no se marchitaron; yo sus pétalos besé y ese beso les envío
con inmenso amor que atesoro en mi corazón.*

Agradecida estoy a Dios por regalarnos el sol,
la luna, el agua, las plantas, las flores
y miles de cosas que han hecho nuestras vidas maravillosas.
Mis padres, que fueron el faro que iluminó mi vida,
hoy en el cielo están como premio del Señor,
pero su presencia siento, porque Dios el privilegio nos dio
para que el espíritu no muera y allí, en el cielo,
esperándonos están todos nuestros seres queridos,
y gozaremos de esa gloria
porque la vida y la muerte
son parte de nuestra vida e historia.

Pureza y honestidad

Si con amor, honestidad y respeto tratas a la humanidad,
eso recibirás y alegre te sentirás.

La pureza y honestidad son escasas en estos días,
los que la conservan tienen mucho honor y valentía.

Los padres que se preocupan y tienen comunicación,
que saben de sus hijos sus compañías, no son muchos en estos días

Si todos cooperamos nos ayudamos, el mundo mejor sería,
de paz, perdón, amor, armonía, no como está en estos días.

El perdón

Perdona y serás bendecido, no arruines tu vida con rencor, odio, ni agravios;
lleva una sonrisa en tus labios y amor en el corazón.

Hay muchos sentimientos bellos que deben habitar en tu corazón: la fe, el amor, la misericordia, la paz, pero hay uno que debe ser importante en tu vida, esa es la valerosa palabra PERDÓN.

Si existe en tu corazón el odio, la ira, el enojo, la venganza, no tendrás paz ni alegría en tu vida; deja ir todo lo que perturbe tu ser, deja libre tu mente, y que en tu corazón resplandezca el brillo de tus ojos por llevar la palabra PERDÓN en tu corazón.

Si no se perdona, no habrá cabida en tu mente ni en tu corazón para el amor, la misericordia, la fe, la ternura, porque tu corazón se endurece al llevar odio, ira y venganza. Deja ir todo lo que oprima y perturbe tu vida, que tu corazón se torne suave, que llegue lo mejor: el amor, la fe, la misericordia, y que tengas en tu corazón arraigada la valiosa palabra PERDÓN.

Proclama la enseñanza que nos dejó nuestro Salvador: la fe, el amor, la misericordia y sobre todas ellas, la palabra PERDÓN, y verás que tendrás el placer de llevar una vida plena, distinta, que alcanzarás la gloría divina, tus semejantes te tendrán alta estima, y el Señor te bendecirá, ganarás la victoria de llegar a su eterna gloria.

Sus maravillas

Me gusta cultivar flores, deleitarme en el jardín,
me encanta escribir y estar rodeada de mis amores.

He oído, visto y he aprendido tantas cosas divinas, bellas,
que me siento en las estrellas, he oído al sinsonte trinar
en el verde de los montes, he visto dentro de las flores
las mariposas volar, las abejas el néctar de las flores libar.

He admirado la belleza del suelo, la fauna
y alzando los ojos al cielo, quedé maravillada
al ver la belleza que hay en él. Gracias le doy al Señor
por oír, ver y conocer de nuestro Dios sus maravillas.

Todos vamos a implorar

El Señor está muy triste
y la Virgen no cesa de llorar
viendo cómo está el planeta,
los peces están muriendo,
y las aves ya no pueden ni volar.

Los pueblos sufren pandemias
y de frío y hambre mueren,
ya son pocos los que rezan
y esto tiene que acabar.

Alcemos los ojos al cielo
todos vamos a implorar,
para que cambie el planeta,
el Señor se alegre, nos bendiga
y la Virgen deje de llorar.

Tu ángel

Un ángel tienes a tu lado
y nunca te abandonará,
con tus alas te cubre
y jamás te faltará.

A los tuyos también los guía
pues tú eres ese faro
que ilumina sus caminos
trayéndoles buenos destinos.

Algo hermoso te tiene, no lo olvides,
verás como todo te sonreirá,
esa luz que puso en tu camino
no dejará de brillar.

Esa luz, con más fuerza
cada día te iluminará
y ese ángel, que Dios
puso en tu camino,
siempre a tu lado estará.

Una gran victoria

Aquel que la vida ha llenado de buenas acciones,
será recompensado y siempre tendrá a Dios a su lado.

El amor es la luz de tu destino,
que llena de flores tus caminos,
te aparta de sinsabores
y hace que vivas rodeado de amores.

El que vive sin amor,
cree no tener a Dios a su lado
y Él nunca nos abandona,
siempre nos ha amado.

Al que viva con amor,
Dios le tiene una corona,
para vivir en la gloria,
que será una gran victoria.

Yo vivo con amor
esperando de Dios la corona,
para vivir en la gloria,
que será mi gran victoria.

Vivir en libertad

*Me gusta respirar el aire fresco y limpio del campo, ver el verde de los montes,
sus erguidas palmeras, los inmensos cañaverales, saborear el dulzor
de la caña, de los frutos, oír el trinar de los pajaritos, el murmullo del río
y el arroyo, contemplar la hermosura del cielo. Pero lo que más anhelo es ver
ondear libre y soberna nuestra bandera cubana.*

Mirando las mariposas que vuelan libremente libando el néctar de las flores, qué tristeza me da ver a esas pequeñas aves que no gozan de esos primores.

¿No te has puesto a pensar si estuvieras en su lugar?

En su trinar yo escucho un himno de libertad, exhorto a esos, que en cautiverio los tienen, que abran las puertas y los echen a volar, si lo más preciado en la vida es vivir en libertad.

Correcto, humano y divino

Aquel que tenga esperanzas, sea positivo y optimista,
el Señor lo tendrá en su lista para recibir bonanzas.

Al observar, explorar todo el esplendor de la naturaleza, todo lo que nos rodea, la hermosura de nuestro cielo, a mi conciencia espiritual llega claramente la perfecta obra de Dios.

Somos creados a su imagen y semejanza, Él nos ha otorgado sabiduría, amor, fe, valentía, esperanzas, somos libres de pensamiento, acción y opinión, que debemos llevar por senderos rectos como Él nos enseñó. Su hijo nos ofreció, para dejarnos su ejemplo de abnegación, fe, amor, perdón, misericordia, milagros y sacrificios.

Hemos conocido a sus apóstoles y profetas a través de las Sagradas Escrituras. Ellos, que con tanta bondad, amor, fe, sacrificios y respeto siguieron su ejemplo y su doctrina.

El Reino de los cielos está disponible para nosotros, pero para alcanzar esa gloria debemos tratarnos como hermanos, dejar libre el alma y corazón de resentimientos, ser guiados por la ley divina de Dios, así llegaremos a su Reino Divino, ser uno con Él, que con el poder que nos ha otorgado podemos discernir lo correcto, humano y divino.

Aprendamos a valorar

Ama a tu prójimo, ayuda a tu hermano y tendrás a Dios cercano.

A veces sentimos que todo lo hemos perdido,
sin valorar todo lo que en la vida hemos obtenido.
Cuando nos sintamos defraudados, deprimidos,
profundiza en tu conciencia, en tu corazón,
y verás los bellos momentos, bendiciones
y maravillas que Dios nos ha otorgado,
su mejor y más preciado regalo: su hijo,
que su vida ofreció por nosotros
para el perdón de nuestros pecados y la eterna vida.

Nos dejó el ejemplo de su amor, fe, bondad,
misericordia, amor y sacrificios.
Debemos pedirle que perdone nuestras debilidades
y olvidos, seamos receptivos a todo lo humano,
lo divino con nuestro espíritu crístico
y la fuerza espiritual que nos ha dado,
no temer a obstáculos que podamos tener
en nuestras vidas, que con fe, amor
y siguiendo la doctrina, la enseñanza
de nuestro Salvador, hallaremos
paz, amor, fe en abundancia
y caminaremos con firmeza para alcanzar
su Reino Divino.

La buena semilla

Yo ruego al Señor me perdone, me bendiga desde el monte Sion,
y le ofrezco el amor que le tengo en mi corazón.

Cada persona tiene el poder que Dios le da
para elegir lo correcto o incorrecto,
lo positivo o negativo,
ser bondadosos o egoístas.

Dios nos da fuerza para apartar los malos pensamientos
y sembrar las buenas semillas, que nos darán buenos frutos.
Así, nuestros corazones, mente y pensamientos
estarán libres de resentimientos,
nuestro ser y espíritu crístico se regocijarán
y nos llenaremos de gozo al sentir una inmensa paz y serenidad
para orar, con la certeza de que nuestro corazón y alma
recibirán la paz, el amor y la bondad para seguir la vida con seguridad.
Por ello, debemos elegir las buenas semillas que nos ayudarán
a vivir con compasión, amor y respeto,
sintiéndonos en el jardín del Edén
y así, poder alcanzar la gloria de nuestro Rey y Salvador.

Su luz divina

¡Oh, mi Dios!, eres mi gran baluarte, te llevo en mi corazón, y por eso vas
conmigo a todas partes.

Yo soy una oveja del rebaño del Señor,
estoy aquí en la tierra para cumplir su misión,
con el amor que le profeso en mi corazón.
Le ruego al Señor me conceda fe,
amor, misericordia en abundancia,
que me invada su humildad y compasión
para salir adelante y cumplir
su fascinante doctrina
que es la enseñanza de Él,
que a través de sus apóstoles y profetas
nos dejó en las Sagradas Escrituras.
Ellos supieron llevar con amor y valentía
todos sus mandatos y en el cielo están
como premio del Señor en su eterna luz divina.
La luz de Dios nos guía,
nos ofrece la oportunidad de ser bondadosos,
ayudarnos los unos a los otros
sin mirar razas ni orígenes,
recordemos que somos hermanos, hijos de Dios,
que Él profesa un amor incondicional
donde no existe desigualdad,
que la obra del Señor fue ser justo,
misericordioso, compasivo,
un corazón de bondad
y lo demostró salvando la humanidad.

La palabra amor

Señor, tú siempre serás mi dueño, me diste la vida, todo lo que tengo,
he tenido y tendré, y siempre te amaré.

La palabra amor es hermosa, no importa el idioma,
dialecto o acento, ella prevalece con el mismo valor,
como el más brillante sol que todas las mañanas
ilumina con su luz bendita que el Señor nos ofrece
como regalo, por llevar la palabra amor en el corazón.

La palabra amor tiene muchos colores, aromas y matices,
es fuerte como un árbol con profundas raíces.
Es la palabra que Dios nos ha enseñado, que existe
y existirá cuando llevamos del Señor su doctrina
y con ella, alcanzaremos su eterna luz divina.

Como una mariposa

Es mi deseo que cuando me llame el Señor, dejar un legado de amor,
ser recordada en un libro, un beso y una flor.

Te tengo en mi corazón como una mariposa
que está posada en una fragante y hermosa rosa
y de ella, no volará, porque la tengo prisionera
con las alas sujetas a mi corazón como prueba
de mi amor que está arraigado y así permanecerá
hasta que la luna deje de brillar y eso, es imposible,
como es que las olas del mar dejen de rugir
con el fuerte viento de un huracán,
que estremece hasta lo más profundo del mar.
Te llevo en mis ojos como una luz bendita
de la más brillante de las estrellas, como el sol que cada día
calienta mi cuerpo y germina las semillas
para convertirlas en árboles y flores,
como también a mi Dios, el Rey de mis amores.

Lágrimas

Jesús, siempre te tengo presente, de mí nunca estarás ausente,
estás con todas las personas, eso lo puedes hacer por ser
de Dios el elegido y del mundo, el más querido.

Siento un nudo en mi garganta
y de mis ojos, lágrimas furtivas ruedan,
yo sé, que Dios no se enoja
porque Jesús a Lázaro lloró pues lo quería.
De corazón sintió lo que estoy sintiendo
por los que al cielo han sido llamados.
Sé que mis lágrimas limpian mi alma,
para tener calma y que mi corazón se llene de amor,
que resplandezca la luz divina de Dios
con inmensa seguridad, porque Él me ilumina,
me da fe, fortaleza con su eterno amor y grandeza
que tiene para la humanidad.

Nuestro Rey y Salvador

No me gustan los días nublados ni las noches sin estrellas ni luna,
me gusta ser amada y de Dios, ser bendecida.

El cielo es bello aunque tenga nubes grises,
tiene hermosos colores, matices
que a todos nos hace sentir libres, alegres, en paz, felices.
La luna, con sus curiosas facetas
que nos hacen recordar
los versos de nuestros abuelos;
en la mañana el sol es nuestro Rey
que nos ilumina para tener
un brillante día lleno de energía.
Con su calor quisiéramos ir al mar y allí refrescar,
jugar con las olas, su arena
y mirar hacia el horizonte lejano
que nos invita a caminar, meditar.
La flora, que nos maravilla,
nos perfuma el ambiente
con sus diversos aromas,
el aire fresco de las montañas
que llena nuestros pulmones
y nos entrega su pureza.
La fauna, obra maestra de nuestro Señor
que nos brinda alimentos,
belleza, amor y la más bendita,
la creación a su imagen y semejanza.
Al observar y analizar todos esas grandezas
vemos perfectamente
las fascinantes obras de Dios
y con respeto, admiración, fe,
devoción y amor,
debemos llevarlo en lo profundo
de nuestros corazones como
nuestro Rey y Salvador.

Yo, María Gloria Barreto, la autora

Soy amante de los libros, los poemas y la escritura. Con fe, humildad, amor y devoción les dedico los más sinceros, amorosos y emotivos mensajes a mis lectores en mis poemas, reflexiones, motivaciones y pensamientos.

Nací en Calimete, provincia de Matanzas, Cuba. Mis padres, José Alberto Sardiña y Sara Rosa San Martín. Dichosa soy de tener tres hermanos muy queridos: Héctor, Haydée y mi gemela Gloria María. En Calimete contraje matrimonio con Enrique M. Barreto y con amor formamos una hermosa y querida familia, de la cual nacieron nuestros queridos hijos Enrique de Jesús y María de los Ángeles, a quienes se han sumado sus parejas Julia Elizabeth Coello Barreto y Robert Daniel Yoder. Tengo tres nietos: Daniel Ray, Jessica Nicole y Robert Alan, y ruego a Dios les dé salud y bendiciones a todos mis seres queridos.

Desde hace años resido en West Palm Beach, Florida, lugar donde tengo no solo a mi hermosa familia, sino también buenas amistades que llevo en mi corazón, con inmenso amor.

Agradecida estoy al Señor, por todas sus bendiciones.

Índice

www.ingramcontent.com/pod-product-compliance
Lightning Source LLC
Chambersburg PA
CBHW051347150726
48000CB00003B/1076